YELAINE MARTÍNEZ HERRERA

I0539069

TATUAJES
EN EL ALMA

EDITORIAL LETRA VIVA
CORAL GABLES, LA FLORIDA

Printed in the United States of America

A la poesía,
por ser la danza de mi espíritu.
A todas las luciérnagas
que me alegran la vida:
mami, papi, Yesi, abuela Julia
y el resto de mi familia.
A Henry, por enseñarme el significado
del amor sincero y puro.
A Chela, por iluminar mis trazos
y ser madre también.
A todas las personas que creen en el amor
y el mejoramiento humano.
A Dios y a la vida.

YELAINE MARTÍNEZ HERRERA

PRÓLOGO

Esta joven poetisa cubana, que Las Tunas tiene el honor de recibirla y acunarla como el ángel que es, nos regala en este excelente poemario "Tatuajes en el Alma" todo la grandilocuencia que pervive en sus sueños y atrapa, sin dudas, toda la sensibilidad del más frívolo de los hombres.

Su verso cabalga sobre la vestimenta de oro de los unicornios. Nos hace soñar, saltar, mordernos la palabra, transmutarnos a esos demonios que también se esconden en el alma humana y la marcan, como los tatuajes y las mordeduras.

Es un cuaderno que nos muestra la fuerza y la pasión que, quizás, son invisibles a los ojos del mundo, ante su frágil y menuda imagen de niña acorralada en el jardín de la imaginación y el miedo. Su pluma atraviesa, con dulzura y extraordinaria fuerza, rasga, esos límites donde se confunden realidad y ficción, amor y dolor, fuego y agua, fantasmas y añoranzas. Esperanzas y descuidos, paz y desespero.

El erotismo se transforma en tibio beso entre las estrofas y los sonetos, tanto de su décima como de su poesía. Llega fresco, como gotas de rocío, purificando la insinuación del deseo burdo y maltratado. Todo un reto para quienes pintan el amor sin sus esquinas sublimes y descarnan el sexo, como un grito salvaje de la carne.

Vale extasiarse con cada poema. Leerlos y releerlos, con lupa y sin lupas. Es la prolongación de ese canto que verdaderamente necesita el cuerpo para tatuar el alma. Creo muy bien acertado su título, como la estructura que propone desde su perspectiva de una mujer que ya, con apenas 22 años, sube montaña arriba la cúspide la literatura y la poesía cubana del siglo XXI.

Su poesía no tiene edad prediseñada. Enseña, valora, esa cotidianidad que nos asalta en el largo y breve camino que es la vida. Denuncia, insinúa, desploma y arma, desde las pasiones hasta el asombro, desde la complicidad hasta el misterio, todo con un lenguaje que, si bien se complejiza y hace descifrable al tacto de la lengua, se descodifica allí, donde solemos ser sombra de nuestros deseos y secretos, de los asombros y las multitudes.

"Tatuajes en el Alma" es un cuaderno lleno de sortilegios y esperanzas, de intensidad métrica, de armonía literaria. Un virtuoso reto para quienes buscan, en las letras noveles del presente y el mañana, algún podio donde apuntalar sus instintos. Su apreciable lectura enriquece y "otra vez la lluvia te desnuda", como dice uno de sus versos.

Un regalo, hermoso e infinito, de esta mujer que universaliza el amor y lo entrega sin límites, para dejarnos un sabor real, agridulce, de su creación y de todo ese secreto que nos sacude -la sacude- cuando afirma:

"Habría que viajar hasta los dinosaurios
y morir por ellos para ser diferentes,
Sigo sin entender los imanes.
Tan solo una migaja sostiene el futuro."

Gracias, Yelaine, por mostrarnos los encantos de tu ángel.

Graciela Guerrero Garay
(Periodista, poetiza y escritora Cubana)

YELAINE MARTÍNEZ HERRERA

ÍNDICE

ÍNDICE   9

RELOJ DE LA CARNE   11

Vindicación   13
Décima al viaje   14
Infinitudes   15
En el espejo   16
Sin ropa   17
Lluvia de mayo   18
Carátula del reloj   19
Génesis   20
Enigma   21
Razones de un miércoles   22
Luna de vino tinto*   23
Reloj de la carne   24
Sudor definitivo   25
Inertes   26

LOS CLAVOS DE CRISTO   27

Miedo   29
Criatura diurna   30
Mientras, escribo   31
Ataraxia   32
Décimas para aprender a vivir   33

Aldabonazos al viento 34
Plegaria a la ciudad 36
Paralelismo 37
Cena 38
Anunciación 39
Caracola del tiempo 40
Los ciclones me sonríen 41
Isla 42
Interrogatorio al fantasma 43
Pinceladas de sombras 44
Secuelas 45
Crisálida del miedo 46
Sobre la barca 47
Enredaderas 48
Gaviota 49

ÍNDICE DE GRÁFICOS 51

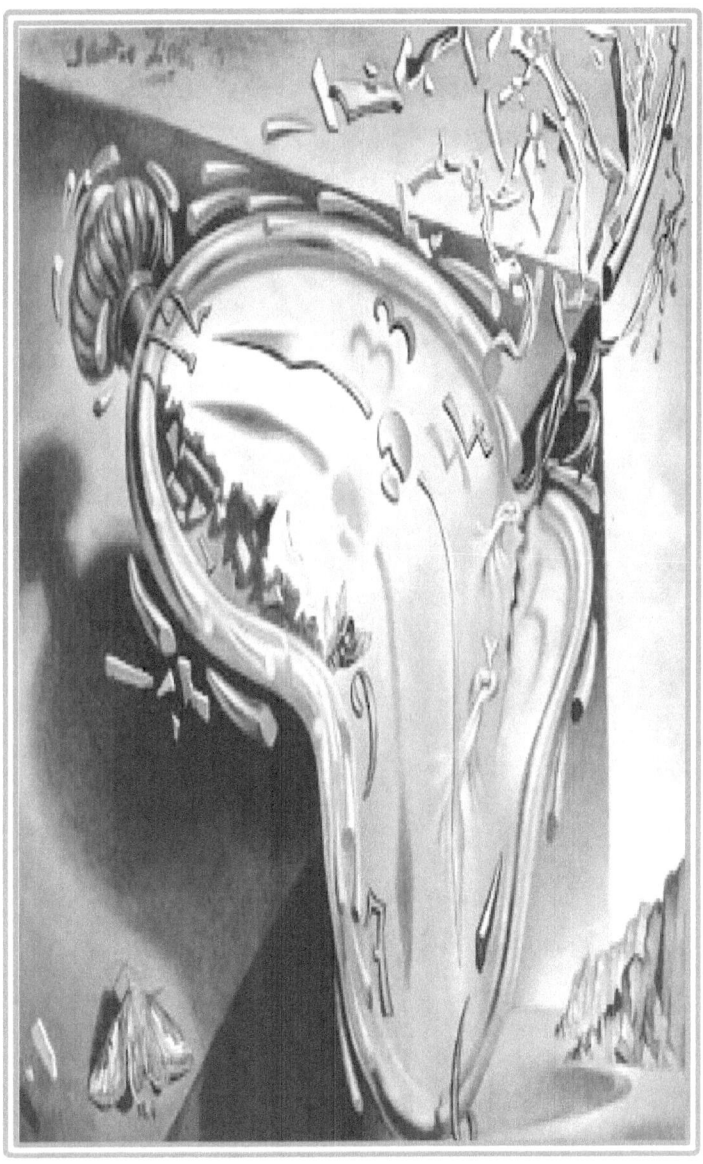

YELAINE MARTÍNEZ HERRERA

VINDICACIÓN

Mis manos quieren tus manos
para sembrarlas de luz,
mi alma es el tragaluz
de los demonios paganos.
Hijos de versos profanos
son mis dedos. Osadía
en la piel de otra María
que escapa a su cautiverio.
Líbrame Dios del salterio,
desmiente la profecía.

Décima al viaje

Quiero vendarte la voz
herida por otras voces,
por engaños, por adioses,
por silencios y por los
destierros del tiempo. Nos
besa la suerte, el andante
caballero, Rocinante.
Y besa Dios la montura.
Para ungir tu quemadura,
vamos, nos espera Dante.

INFINITUDES

Arden las infinitudes
en el cofre donde guardo
soledades y algún dardo
que hiere mis latitudes.
Del pecho, las inquietudes
saltan quebrando la brisa.
Si la mirada aterriza
en el balcón donde duermo,
le ofrezco mi alma al yermo
pergamino de tu risa.

En el espejo

Tus ojos de enredadera
abrazan el embeleso.
Tus ojos tienen ileso
el latir de la pradera.
Es tu elixir la quimera
que fluye por mis canales,
tregua para sucursales
del deseo. Soy testigo
de la verdad y el castigo:
te envidian los manantiales.

SIN ROPA

Desnudos como gaviotas
que se tragaron los barcos,
desnudos como retazos
que a la luna vuelven loca,
desnudos como las cosas
que en el camino quedaron,
somos par de enamorados
jugando a ser unicornios.
Desnudos somos retoños
cuando nos arde el costado.

LLUVIA DE MAYO

Si la lluvia me transmuta
con la corriente me embarco.
Mi esperanza no es un barco
que con la luz se disputa
el trofeo. Soy la gruta
de las verdades. *Desfallo*
en el poniente del tallo
para hallar diciembres fieles.
Si en esta estación no hay mieles,
seré la lluvia de mayo.

CARÁTULA DEL RELOJ

¿Cómo doblego la cuita
si rodar por la pendiente
me extermina el aliciente
corazón? El tiempo imita
patrañas en cada cita
y yo persigo el reverso.
¿Cómo clonar este verso
si la página se enoja
y el manantial me deshoja
las pupilas en lo inverso?

Génesis

Dame *sibemoles* rotos,
dame del sol la guarida,
dame la sed y la huida
para revelar mis fotos.
Dame el ruido de las motos,
la certeza del ciprés,
dame el cuido en un después,
dame el mar si se derrama
por tus ojos, dame llama
para fundirme al revés.

ENIGMA

Canto, lloro; canto y sueño.
Soy enigma entre tus piernas
pues tatuaste mis cavernas
con la savia del empeño.
Dios con su luz te hizo dueño
de noches y atardeceres
y entre todos los deberes
 del siervo que marcha solo,
Dios perdió su protocolo
al ver el mortal que eres.

RAZONES DE UN MIÉRCOLES

No más domingos faroles,
no más lunes de cerezos,
ni martes donde los besos
tienen sed de caracoles.
Ya un jueves perdí mis soles
nadando en ti y aún conciernes
un sábado donde ciernes
laberintos sin estrellas.
En mi lago, con tus huellas
me revivo... espero el viernes.

LUNA DE VINO TINTO[1]

Te llevas
mi vida toda
abrazada del cerebro,
mientras tu silueta enebro
en la memoria, sin oda.
Tu voz de dulce rapsoda
se esculpe en mi laberinto
y una luna en vino tinto
marchita mis pocas hojas.
Tú que te vas,
te sonrojas y yo…
en mi alma te pinto.

---

[1] Título de una canción de la cantante cubana Diana Fuentes.

RELOJ DE LA CARNE

Hay un espacio en la planicie
para los dos.
Apostamos también la soledad.
Tantas veces me ganaste
que multipliqué tus derrotas.
Y en aquel lugar
reinventamos la vida.
Ahora rota la victoria
para quedar bien con los otros:
un baúl de mentiras siempre verdes
y un figurín de añoso despertar.
Sin embargo, sobre los termómetros,
gana el reloj de la carne.

SUDOR DEFINITIVO

No quiero poner pies a esta tristeza,
allí donde la noche se desnuda.
Abriga con tu manto mi alma muda
y la aurora que fulge fortaleza,

ese manto de amor que sin maleza,
destruye mi coraza de tozuda,
como un ángel me alza, siempre suda,
y renace con besos. La cabeza

no sabe dónde pone sus litigios,
se abraza de la nada, se trastoca
en deseo y retoña en otra boca.

Ayer me llovió tanto quebranto
que arrié mi caballo sin vestigios.
Pero hoy, con abrazos, me levanto.

Inertes

Si el mundo se acaba,
le pediría una tregua al cataclismo.
Buscaría tu sombra
entre las sombras de la muerte
para extender la vida.
Y en la quietud de tus brazos,
mirar cómo reinicia el universo.

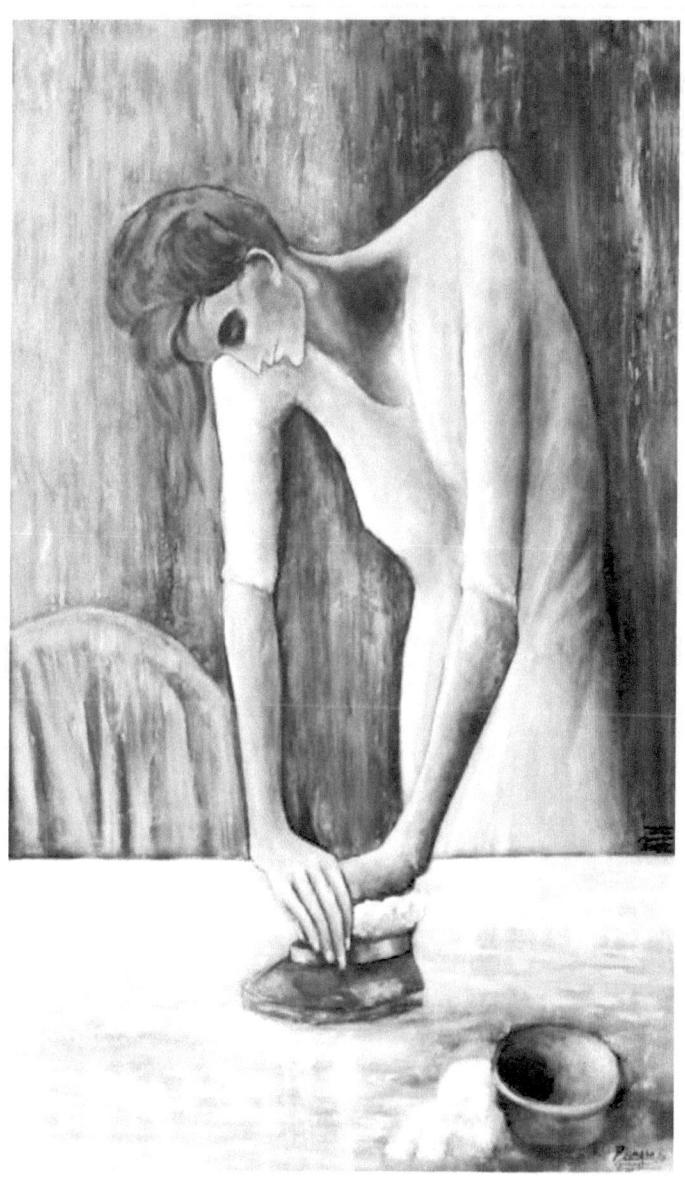

YELAINE MARTÍNEZ HERRERA

MIEDO

Después del abismo
todos los miedos son iguales
¿Cómo inventarme un barco
que resista la tormenta?
Dios es un enigma.
Antes amé los cristales,
ahora odio sus reflejos.
¿Cuándo acabará el festín de las máscaras?
Habría que viajar hasta los dinosaurios
y morir por ellos para ser diferentes.
Sigo sin entender los imanes.
Tan solo una migaja sostiene el futuro.
Démonos las manos
para sentir las espinas de Cristo.
La soledad y el infierno
son obras de un mismo alquimista.
Me duelen las uñas,
                el cabello,
                        mi sombra.
No hay Ariadnas,
            Penélopes
                ni Ulises.
No me digan que en las hogueras
crecen jazmines.
El crepúsculo abrió sus alas
antes que Minerva.
Por suerte,
alguien apresó los girasoles.

CRIATURA DIURNA

La vida es un sortilegio,
amenaza con sus ecuaciones,
me enseña a odiar los senderos del olvido
donde crecen noches, solo noches.
La vida es una criatura diurna.
Ama la soledad, los balcones,
persigue ensueños,
otras vidas comunica a sus muertos.
¿Qué sería de la vida sin
diciembres y eneros *policrómicos*?
Miente bien cuando es grande la verdad
y la mejor mentira es utopía.
¿Qué será de la vida sin gorriones ni alcoba,
sin migajas en el rostro de Cristo?
La vida —canguro de la suerte— me responde.

Mientras, escribo

Estas ojeras hablan solas,
mientras la pupila se diluye en el tiempo.
Ya no quiero ver la mueca del olvido
al abrir las ventanas
y en el hambre muda de los trenes.
El surco que engulle mi silueta
tiene bríos colorados.
No es vergüenza: es sable y polvo,
inercia del fantasma que nombra
el neblinear del miedo entre mis manos.
Otro abril trituraré la suerte
y el camino mostrará sus agujeros.

Ataraxia

Tengo la suerte atrapada
en los sitiales sin fondo
del corazón.
Cavo hondo
pero hay luz embarazada
de humo.
Beso la almohada,
no encuentro sueños ni soles,
me avergüenzo de mis roles,
la película se inquieta,
se me rompe la silueta
y me ofrecen girasoles.

DÉCIMAS PARA APRENDER A VIVIR

Quieres que borre el milagro,
quieres que cierre la puerta,
sea tatuaje, no fecha.
Quieres que moje los barros
del porvenir, ley a manos
del secreto, taciturna,
para ser Circe de luna,
puerto, peligro, argamasa…
Mi corazón de hojalata
 y tú, brindando por Judas.

Con besos de silicona
y dibujos de almanaque,
un bastón sin estandarte
donde mi alma se ahoga
y el mar el cuerpo deshoja.
Testigos: el viento en las camas,
pero ni Irbin ni Morgana
soy. No entiendo el vuelo,
la sed de suerte. Mi credo
es que vibren las campanas.

ALDABONAZOS AL VIENTO

Tengo la suerte de Dios
recostada a un buen tino,
tengo el sudor peregrino
meciendo un póstumo adiós.
Mis alas van como dos
aldabonazos al viento.
Escucho, y es que no miento
cuando digo que la manta
de Morfeo tiene tanta
rabia de mí que ni siento.

Tengo la luz que se evade
en las siluetas robadas
por Cronos, lleno de arcadas
tentaciones, juez cual Sade
de este sueño, voz de Jade
en mi traje de silicio.
No deseo el armisticio,
me suicido con la lumbre
y si es que alcanzo la cumbre
ya el suelo me sabe a vicio.

Tengo el silencio y la aurora
asidos a mi alter ego,
tengo el Pegaso y no llego,
me falta magia, no aflora,
 el tomeguín a la flora.
Hay disturbios y emergencias
que revelan penitencias
 cuando del cielo soy prado
y el desdén, a mi costado,
es un surco de abstinencias.

Ya no sé qué es el revuelo
de mariposas sin aire,
ya ni el filo del desaire
me desgaja. Tanto celo
 de las rocas cuando el suelo
 las transforma en cofradía,
ya no sé del mediodía
inmortal de los peciolos,
pero tengo mil gladiolos
para sembrar cada día.

PLEGARIA A LA CIUDAD

Fragmentos del espejo en el piso
 me dibujan la ciudad.
Como un fantasma que engendra otros fantas-
mas
descubre mi silencio.
La ciudad tiene mil puertas y una imagen.
Por ella, soy solo una ermitaña a merced de sus
instintos.
Ciudad, déjame libre para amarte desnuda.
Las esquinas conocen
                    mis perforaciones,
                    mis miedos,
                    mis capiteles.
Esta columna construye tu esqueleto junto a
otros cuerpos.
No vagará mi sombra entre tus calles.
Hay otro mundo detrás de mis catedrales.
Déjame que ilustre sin palabras tu recuerdo.
Déjame, ciudad,
También serás más libre.

Paralelismo

La ciudad sobrevive a nuestros aplausos,
teje conflictos con la certeza de la incertidum-
bre,
entre seres desconocidos.
La ciudad, pez sin nombre que bifurca sombras,
ancló mi fe en una esquina.
Ahora siento sus tatuajes en el alma.
Arden sus huellas.
La mirada miente porque no sabe que afuera
hay un mundo paralelo.
Difícil entender el canto de sirenas mudas.
Dime, ciudad, ¿cómo cobijas tantos muertos?
Tus caprichos son otros.
No te culpo de amar la inmunidad de un beso
en tus portales.
Ciudad de puertas y roedores,
Otra vez la lluvia te desnuda.

Cena

Busco no tentar a los demonios
que comen de mi psiquis cada día.
Entiendo que vivir entre cuchillos
me ha dotado de filos en el alma.
Traslúcida recorro la neblina
como si naciera a cada instante.
Sueño con los difuntos,
me transformo en un espectro
y persigo al "yo" cual si naciera
con otra suerte anclada a su costilla.

Anunciación

Siento correr el agua entre mis senos,
un caudal de abismos.
Los pasos lejos, los pasos cerca
y yo, desnuda como si no quisiera oír la vida.
Otra vez la imagen
y la boca en ojos ajenos.
Me he quedado sin manos
para ofrecerle al mundo.
Mi voz huye bajo la puerta.

CARACOLA DEL TIEMPO

Se me desgarra el vientre
en la otra orilla de esta soledad.
El tic me da la luz,
el tac la esconde.
Por asir laberintos me atraparon la fe;
una ola durmió en mi garganta.
Fui mástil,
       luz,
          aguacero.
Fui óleo y me quedé sin nada.

LOS CICLONES ME SONRÍEN

Quise tener un bosque a mitad del camino,
un bosque de *matriuskas* y aguardientes,
de cerezos y limones.
Los bosques en mi vida
siempre han aparecido desnudos;
me recuerdan no soy asintomática.
Mis bosques renacen en invierno
y a escondidas.
Son azules o negros
según la temperatura del alma.
Lo invaden luciérnagas miméticas,
grillos y serpientes.
De vez en cuando
el viento salda deudas en sus poros.
¡Mis bosques! ¡Ah!, mis bosques.

ISLA

Cómo ato el tiempo si abril destruye redes.
He visto trastocar sus códigos
cuando el tiempo sumerge mi existencia.
Hay tierras para todos.
El náufrago persigue las locuras del océano,
la arena es utopía
y los corales mienten a mi sombra.

INTERROGATORIO AL FANTASMA

En cada esquina me espera un loco y yo, diana.
¿Qué puedo contra la suerte
que roe a hurtadillas cada trazo?
¿Dónde me escondo si soy aire?
Dime, Dios, ya no quiero respuestas.
Soy el que pinta el alma del camello;
un ser sin nombre
que a orillas de los muros se reinventa.

PINCELADAS DE SOMBRAS

No soy la típica carnada;
En mí hay fuego y melodía para dibujar trenes.
Tampoco soy gaviota;
muero en el talón de mi espalda
mientras esculpo el viento.
Soy luciérnaga.
Ayer lo supe:
Me regalaron otro ojo y una aguja.
Es la suerte, me dije
y pensé que sí entre cortinas.
Otros creyeron lo que no llegué a pensar.
Había fango en mis ojos y veían luces.
Eran pinceladas de sombras.

Secuelas

Nos hemos acostumbrado a las telarañas,
roces clandestinos,
 al diluvio,
la casa vacía.
La fe se ha vuelto equilibrista.
Queremos soñar sin que
las caras proyecten arrugas,
                    deudas,
                        soledad.
Cada día una ecuación.
Almas de hierro escapan al silencio.
¡Pobre silencio!
¡Tan sabio y ajeno a la costumbre!
No hay mapas donde anclar esperanzas.
Solo nos queda vendarnos los recuerdos.

CRISÁLIDA DEL MIEDO

Mi vida es un espasmo azul,
utopía,
   un silencio que huye eternamente,
     una mueca,
       un absurdo.
Almaceno sonrisas,
    huracanes en la piel,
       puentes.
Hoy duermo con Dios,
mañana con el diablo.
Soy viento,
  desmemoria,
     penitencia esclava del suicidio.
No existe un *aleph* para fugarme,
otro cielo donde caminar.
No tengo alas ni barco,
solo vísceras con olor a miedo.
En una esquina del cuarto Dios observa.

SOBRE LA BARCA

Anclo mi barca en lo eterno.
La tarde cae a cúpulas sobre mis ojos
y la imaginación
pretende ganarle al reloj.
¿De qué sirven las manos
y las rosas tristes?
Abrazo las aguas perdidas
y olvido el camino de mi piel.
El mar me seduce.
Y las palabras mueren sin orillas.

ENREDADERAS

¿Qué es materia gris en vida gris
y el trasquilar, si soy eterna?
¿Qué son los puentes de polvo para el alma
si la luna es silencio,
y roca, también, como mis cayos?
¿Acaso viven el pulso y la miseria
en un equívoco de luz?
El aire desfallece cuando sueño enredaderas
y el amor se convierte en hojarasca.
Tan solo soy un pez que nada
en corrientes de fuego.

GAVIOTA

No quiero la gaviota que me dan los pasos.
Hay mucho que descubrir en el mundo
Partiendo de mi propio suelo.

YELAINE MARTÍNEZ HERRERA

ÍNDICE DE GRÁFICOS

La persistencia de la memoria (1931, óleo sobre lienzo) Salvador Dalí i Domenech (Catalunya, España, 1904-1989).
Página 11

Mujer Planchando (1904, óleo sobre lienzo) Pablo Picaso (Málaga, España 1881-1973)
Página 27

Y<small>ELAINE</small> M<small>ARTÍNEZ</small> H<small>ERRERA</small>

Editorial Letra Viva©

2013

Postal Office Box 14-0253
Coral Gables, FL 33114-0253